LA MORT DE MARDI-GRAS;

TRAGI-COMEDIE,

OU

COMÉDIE faite pour pleurer,

OU

TRAGÉDIE pour rire,

En un Acte et en Vers, par des Membres de l'Académie de Cocagne.

A PARIS;

E L'IMPRIMERIE DE CARNAVALLO;
rue de la Bonne-Morue.

1809.

PERSONNAGES ET *COSTUMES.*

MARDI-GRAS, *couronné de saucisses, serviette à la boutonnière, bouteille en main, ventre énorme.*

CARÊME, *couronné de mâches, perruque de haricots enfilés.*

MERCREDI son Confident, *perruque de mâches, sac à poudre pendu à une bandouillère de carottes.*

FRICOTEAU, Confident de Mardi-gras; *il a au côté deux cuisses ou deux pilons de dindon en sautoir.*

Conseillers. { BŒUFGRAS, TRANCHELARD, BEDAINE, LOURDIS, } *Ils ont tous une robe noire, un rabat long et une bouteille pendue au côté.*

DINDONNEAU, fils de Mardi-gras.
MESMER, Médecin de Mardi-gras.
JEANNOT, Laquais de Mardi-gras.
Un FACTEUR de la petite Poste.

Suite de Mardi-gras.	*Suite de Carême.*
PORCFRAIS.	MAIGRELET.
L'ANDOUILLE.	PLATEMINE.
BOMBANCE.	POISCHICHE.
TAMPON.	QUATRE-TEMS.
AVALE-TOUT.	VENDREDI.
RIBOTTE.	HARIDEL.

La Scène est dans une Salle à manger.

LA MORT
DE MARDI-GRAS.

SCÈNE PREMIÈRE.

MARDI-GRAS, (*vient les bras croiſés, l'air penſif.*)
FRICOTEAU, (*entre en ſe ſuçant les doigts.*)

FRICOTEAU (*étonné.*)

QUE vois-je ! quel objet !... dois-je en croire mes yeux !
MARDI-GRAS ! oui, lui-même ; à cette heure en ces lieux !
Quoi ! lorſque des goujats la nombreuſe cohue
S'égaudit, & pour vous en ce jour s'évertue.
Quand boudins & dindons roulent de tous côtés,
Que faites-vous ici, Seigneur, les bras croiſés ?

MARDI-GRAS.

Épargne à ma bedaine un ſi cruel reproche...
Oui : c'en eſt fait... allons... vîte ma grande broche.
(*Il veut ſe tuer.*)

FRICOTEAU.

Ah ! vous tuer à jeun ! mais vous n'y penſez pas !
Quoi ! le ſang des héros, l'illuſtre Mardi-gras,
Deſcendrait au tombeau la panſe mal garnie ?
Ah ! mourez, s'il le faut, mais ſans ignominie.

MARDI-GRAS.

Tu veux donc que je vive ; ami, ſi tu pouvais

De ce large estomac sonder les plis secrets ;
A combien de soucis, tu le verrais en proie.
Hélas ! pour Mardi-gras, non, il n'est plus de joie.

FRICOTEAU (*vivement.*)

N'est il plus de gigots, n'est-il plus de ragoût ?
Nos jambons, nos pâtés ont-ils perdu leur goût ?
Navarre, Mathurin, Carabi, Sausse-fine,
Auraient-ils cette nuit déserté la cuisine ?
Auriez-vous de vos dents perdu le double rang ?

MARDI-GRAS.

Non : mes dents à ma bouche attachées fortement
Me promettent encor long & loyal service.
D'andouilles, de boudins, grâces au ciel propice,
De dindons, d'aloyaux, nous regorgeons ici,
Le tout assaisonné du plus ferme appétit.
Je suis vieux il est vrai, mais aux bouches bien nées
L'appétit ne craint pas le nombre des années.

FRICOTEAU.

Qui peut donc altérer...

(*Mardi-gras veut répondre, mais Fricoteau l'interrompt.*)

Chut ! gardez le secret :
Morbleu ! si vous parliez, la piéce finirait.
Vous ne savez donc pas que dans la tragédie
C'est tout au bout qu'enfin le secret s'expédie.
Laissons donc, s'il vous plaît, l'auditeur en suspens :
Gardons-nous d'y laisser nos mâchoires, nos dents.
Le cœur vous en dit-il ? moi, je ne vis pas d'air ;
Pour la troisième fois je m'en vais déjeûner.

SCENE II.

CARÊME (*a la voix aigre, l'air décharné.*)
MERCREDI (*il n'a encore que sa perruque.*)

CARÊME (*suivant de l'œil les Acteurs précédents.*)

ALLEZ, maîtres gloutons, allez bourrer vos panses,
Ah! nous verrons la fin de toutes ces bombances...
Non, non : je n'y tiens plus... quel enfer, quel cahos!
Ici les jours entiers se passent en fricots :
La nuit festins nouveaux, de plus bel on commence,
On tient jusqu'au matin la bachique séance,
Et le soleil levant les voit le lendemain
Le gigot à la bouche, & le verre à la main...
Pour ces goinfres grossiers, enfoncés dans la fange;
L'instant seul du bonheur est l'instant où l'on mange...
Le jeûne est en horreur chez ce peuple glouton,
On s'y croit honoré d'une indigestion.
Encor, s'il paraissait par-ci par-là sur table
D'un ragoût succulent le maigre délectable!
Mais non!... les malheureux dédaignent le poisson;
Le moëlleux haricot passe pour un poison!
Et, si vous ne voulez, qu'au moins l'on ne vous hue;
N'allez pas prononcer le nom de la morue;
Le merlan fait frémir, la raye est en horreur,
Le nom seul de hareng fait soulever le cœur.
Le hareng! le hareng! ah, vous en tâterez!
Oui, oui.. mes beaux messieurs, plus que vous ne voudrez.
Voit-on jamais ici figurer la limande,
La mâche, l'épinard, l'omelette friande!...
Mais félicitons-nous, ô mon cher Mercredi;
Il est malgré leurs dents, en ce palais maudit,
Gens à pâle minois, ventre plat, maigre échine,
Qui se font un honneur de haïr la cuisine;

Le nombre n'eſt pas grand ; mais formés par nos ſoins,
Pour n'être pas ſi gras, ils n'en valent pas moins.
Va ! mon cher Mercredi, va ! le ſecond moi-même,
Va trouver Quatre-tems, Hareng-ſaur, Mi-carême,
Déja tous en ſecret d'un fauſſet maigre & dur
M'ont juré pour la vie un attachement ſûr :
Va trouver auſſi ceux dont la demi-bedaine
Entre nous & Mardi, flotte encor incertaine ;
Je les dégreſſerai, j'en ferai des héros
A n'avoir dans deux jours que la peau ſur les os ;
Par vingt plats de lentille échauffe leur vaillance ;
Mais je compte bien plus ſur ta mâle éloquence.

MERCREDI *(tout fier.)*

Par tous les haricots ! oui, maigre majeſté,
Mercredi vous promet hommage & loyauté.

CARÊME *(lui met une bandouillère de carottes à laquelle eſt ſuſpendu un ſac à poudre.)*

Aigle de Jupiter, tu porteras ſa foudre :
Je te fais intendant des magaſins à poudre.
Poudre ſainte, terrible, elle n'éclate pas,
Mais ſon effet eſt ſûr au milieu des combats.
L'on vient, retirons-nous...

SCENE III.

FRICOTEAU, MARDI-GRAS.

FRICOTEAU.

Oh ! les bons choux au lard,
Que depuis quelque tems nous fait manger Picard !

MARDI-GRAS.

Parbleu ! qu'un déjeûner eſt un bon antidotte
Pour ceux qui, par dépit, vont à propos de botte,
Se crever la bedaine, & ſe défreſſurer !...

FRICOTEAU.

N'avez-vous pas, ſeigneur, un ſonge à nous narrer ?

MARDI-GRAS.

A propos, oui, vraiment, & le plus horrifique
Qui ſoit jamais ſorti d'un cerveau poétique.
Après un long repas, un ſommeil gracieux
Avait ſous ſes pavots appéſanti mes yeux.
Quand encor, tout rempli de ſa douce fumée,
A table je tenais ma place accoutumée.
Je mangeais, je buvais, & déja pour ma part
J'avais vidé cent brocs pleins d'un mouſſeux nectar;
Déja trente dindons, victimes innocentes,
Avaient un peu calmé mes entrailles criantes.
Quand j'ai vu tout-à-coup, après un grand fracas,
Entrer dans mon palais trois cents maigres goujats;
Un grand ſquelette nu s'avançait à leur tête.
Je m'armai de courage, & bravant la tempête,
Au moyen d'un gigot fortement élancé
Je croyais voir leur chef à mes pieds terraſſé.
Il s'avance vers moi d'un œil ſombre & ſévère,
Et ſur tous mes gigots jette un œil de colère.
J'allais pour le frapper, ô prodige ſoudain,
Je ſens mon aloyau s'échapper de ma main,
Et ne retrouve plus qu'un horrible mélange
De pois, de haricots, tels qu'un avare en mange;
De harengs, de goujons & de merlans hideux,
Que les pauvres ſoldats ſe diſputaient entr'eux.
Dans ce trouble cruel, ma bedaine affaiſſée,
Semblait ſe conformer à ma triſte penſée:
Tout mon corps ébranlé d'horreur a treſſailli,
Et le ſonge a fini par un torticoli.

FRICOTEAU.

Bravo, ſeigneur, le ſonge eſt tout-à fait tragique,
Rien n'y manque, ma foi; un ſtyle emphigourique,
Des vers bien empoullés, un ſpectre bien hideux,

Des menaces, des cris, des présages affreux ;
Mais vous avez, seigneur, péché dans le costume :
Un fantôme tout nu, ce n'est pas la coutume.
Je l'aurais tout au moins habillé de lambeaux,
D'un funèbre linceuil échappé des tombeaux,
Et de crêpes bien noirs barbouillés de fumée ;
C'est la robe de chambre, en tout tems usitée,
Qu'une ombre lentement doit traîner après soi :
Pour rêver décemment, faut me consulter, moi.
Nous serons critiqués, seigneur, à toute outrance ;
Que va dire Saint-Ange au Mercure de France ?
Dans son défunt journal que va dire Fréron ?
Comment répondrons-nous ?...

MARDI-GRAS.

A grands coups de bâton.

FRICOTEAU.

Oh ! je ne crains plus rien, & je vais à ma guise,
Courir au dénouement de bêtise en bêtise.

SCENE IV.

MARDI-GRAS, FRICOTEAU, un FACTEUR de la petite poste, (*faisant aller sa crécelle.*)

FRICOTEAU.

Eh ! qui vive ?...

LE FACTEUR.

Est-ce ici le seigneur Mardi-gras ?

MARDI GRAS (*montrant sa bedaine.*)

Regarde ici, maraud, ne distingues-tu pas ?...
(*à Fricoteau.*)
Cet homme est musicien ?...

FRICOTEAU.

Sans doute...

MARDI-GRAS.

la muſique
Eſt aſſez de mon goût...

LE FACTEUR.

Seigneur, la foi publique
Depuis plus de vingt ans ſe repoſe ſur moi ;
Je ſers en même-tems, catins, hommes de loi,
La cuiraſſe, le froc, la robe & la livrée :
A la ville, à la cour, j'ai par-tout libre entrée ;
Mes mains ſont l'entrepôt des ſottiſes du jour,
Petits vers, plats journaux, lettres, billets d'amour.

MARDI-GRAS.

Viens-tu nous mettre ici l'eſprit à la torture?
Va porter, mon ami, ton énigme au mercure,
Vîte le mot...

LE FACTEUR.

Eh bien ! ſauf votre bon plaiſir,
Je ſuis Facteur, meſſieurs, & prêt à vous ſervir.
Voilà... (*Il préſente une lettre à Fricoteau.*)

FRICOTEAU.

Qu'appelles-tu ? ſous le gourmand empire
Du Prince Mardi-gras, j'oſerais ſavoir lire ?

MARDI-GRAS (*à qui le Facteur remet la lettre.*)

A moi... Bon !... encor mieux... Va, garde ton chiffon ;
Lis-nous en à-peu-près la teneur & le fond.

LE FACTEUR.

Agréez, s'il vous plaît, mon excuſe civile ;
L'honneur, mes hauts emplois, m'appellent par la ville.

Quand un Prince, aux Facteurs, preſcrit des attentats ;
Nous décampons bien vîte & n'obéiſſons pas.

(*Il dit ces deux derniers vers à demi-voix.*)

SCÈNE V.

MARDI-GRAS, FRICOTEAU.

TANT de ſoins à la fois me font tourner la tête...
Mais, pour en revenir au ſonge; il m'inquiète...
Je voudrais bien ſavoir ce que peut préſager
Un ſonge avec lequel je ne ſaurais manger.

FRICOTEAU.

Seigneur, je ne pourrais l'expliquer tout de ſuite;
Si j'étais Médecin, je le ſaurais bien vîte.
Sans rien vous demander, ſans rien examiner
Un Médecin toujours eut l'art de deviner.

MARDI-GRAS.

J'en connais un pourtant...

FRICOTEAU.

Je veux bien vous en croire.

MARDI-GRAS (*remuant la tête.*)

Qui n'eſt pas grand ſorcier, à ce que dit l'hiſtoire.
Qui vous tue un malade, & qui devine après
Qu'il eſt mort d'avoir bu des liqueurs à l'excès.

FRICOTEAU.

Bon...

MARDI-GRAS.

Il croit que l'on eſt dupe d'un tel menſonge...

FRICOTEAU.

Mais, revenons un peu, Seigneur, à votre ſonge:
Vous voudriez ſavoir le ſens qu'il peut cacher,
Ne vous tourmentez pas l'eſprit pour le chercher.
Vous avez des amis, gens experts & fort ſages,
Bien fourrés, gros & gras, & ſur-tout bons viſages.

MARDI-GRAS.

Bon ! dis-leur qu'au palais ils ſe rendent bien vîte ;
Qu'un cas des plus preſſants exige leur viſite.
Pars.

FRICOTEAU.

Non : ſi je partais, l'action languirait.

MARDI-GRAS.

Pars, te dis-je, pour deux je vais faire les frais ;
Ou bien, chemin faiſant, dis au docteur qu'il vienne ;
Je vais faire avec lui la ſixième ſcène.

SCÈNE VI.

MESMER, MARDI-GRAS.

MESMER.

On dit que d'un ſouper les aliments rétifs
N'ont cédé qu'avec peine à leurs ſucs digeſtifs.
Parlez, Seigneur, faut-il que je vous magnétiſe ?

MARDI-GRAS.

Au diable ! j'ai plutôt beſoin qu'on m'exorciſe ;
Car j'ai vu cette nuit le grand diable d'enfer ;
Mais parlons d'autre choſe ici, docteur Meſmer.
Avec tous vos ſecrets, tous vos beaux aphoriſmes,
Votre anneau, votre doigt & tous vos magnétiſmes ;
Je n'ai pas, ma bedaine eſt là pour l'atteſter,
D'un ſeul morceau de plus augmenté mon ſouper.

MESMER.

Oui... mais...

MARDI-GRAS.

Mon appétit eſt ſans ceſſe le même.
Montrez-moi donc le fin de ce fameux ſyſtême.

MESMER.

Le fin ! d'anéantir vos docteurs Bridoifons,
De profcrire à jamais tous leurs doctes poifons;
Frappant du même coup la caffe & l'émétique,
Subftituer l'effet de mon doigt magnétique :
De l'Hipocrate ancien réformer les arrêts...

MARDI-GRAS.

Laiffez-là, croyez-moi, ces frivoles projets :
Si je ne puis manger, que m'importe la vie ?
Pour moi point de milieu, mort ou fanté fleurie.
De tels exploits, Mefmer, font peu dignes de vous :
La cuifine, c'eft là qu'il faut porter vos coups;
Il y règne aujourd'hui les goûts les plus barbares.
Tout eft dégénéré... les grands maîtres font rares;
L'état eft en péril... De vains colifichets
Succèdent fur la table à ces robuftes mets,
Qu'avec tant de plaifir, favouraient nos ancêtres.
Profcrivez ce faux goût des gourmands petits-maîtres...
Ont-ils donc oublié, ignorent-ils les fots,
Qu'un plat n'eft jamais bon s'il peut être plus gros?
Tirez cet art divin du fond de fes ruines;
Je vous fais infpecteur de toutes mes cuifines,
Trouvez-moi par quel art, à table jour & nuit,
On peut toujours manger fans perdre l'appétit ?
Vous qui, de notre corps, connaiffez la ftructure,
Donnez au genre humain une recette fûre,
Qui le mette en état d'expédier fans façon,
En moins d'un tour de main, une indigeftion.

MESMER.

Seigneur, j'ai votre affaire ici dans mon grimoire,
Et m'en vais de ce pas en dreffer un mémoire.

SCÈNE VII.

MARDI-GRAS (*ſeul.*)

DIEU merci ! je n'ai point ici perdu mon tems.
Le bon coup ! convertir un docteur au bon ſens :
Cet homme ſe perdait ; dans ſon art homicide
Ce n'était qu'un brigand, un aſſaſſin perfide...
Celui qui des humains ſe rendait la terreur,
Grace à moi, Mardi-gras, devient ſon bienfaiteur.

SCÈNE VIII.

MARDI-GRAS, FRICOTEAU, BŒUF-GRAS, LOURDIS, TRANCHELARD, BEDAINE.

MARDI-GRAS.

ENTREZ, je vous attends avec impatience.

TRANCHELARD.

Quand arriveront donc nos jambons de Mayence ?

BŒUF-GRAS.

Amiens n'a pas encore envoyé ſes pâtés ?

FRICOTEAU.

Eh bien ! voilà-t-il pas d'excellents conſeillers !

LOURDIS (*begayant.*)

Et nos chapons du Mans ?...

FRICOTEAU (*avec dépit.*)

Il s'agit d'une affaire
Que vous ignorez tous, mais qu'on ſait au parterre...
C'eſt du bon !... mais jamais on ne doit répéter ;
Je vais donc à l'oreille, à chacun la conter.

(*Il la leur conte à l'oreille.*)

LOURDIS (*bégue.*)

Al-la donc··· c'eſt bien clair, que ces meſſieurs fantômes
Ne doivent pas venir tapager chez les hommes.

BŒUF-GRAS (*ſe lève auſſi pour donner ſon avis.*)

Oui : ledit récit dont je n'ai compris mot ;
J'opine, & ſuis d'avis··· qu'on apporte le rôt.

ERICOTEAU.

Bravo ! ſire Bœuf-gras, voilà ce qui s'appelle
Répondre juſte, *ad rem*··· oh ! la bonne cervelle !

BEDAINE.

Ah ! vous êtes trop bon ! ſouffrir que des fagots
Viennent inſolemment troubler votre repos.

LOURDIS (*toujours bégayant.*)

Sans doute, cependant, mais, dans ce cas énorme
Ne précipitons rien, & procédons en forme.
Il faut *primo*, ſommer ledit ſpectre infernal
A venir comparaître à votre tribunal ;
Secundo, qu'à huitaine il nous vienne en perſonne,
Apporter de ſon fait raiſon valable & bonne,
Faute de quoi ſerait icelui décrété,
Comme atteint, convaincu de lèſe-majeſté.

TRANCHELARD (*ſe lève auſſi, &c.*)

Sauf un meilleur avis : de ce ſpectre effroyable
Nous pouvons entre nous faire un aſſez bon diable.
Sans doute de long-tems il n'avait déjeûné :
(Ce tour ne peut venir que d'un homme affamé.)
Eh bien ! faiſons venir deux jambons de Mayence,
Trois gigots (pour rimer) d'aſſez bonne apparence.
Venez ici, venez, ſeigneur Cacodémon ;

(*En faiſant cette apoſtrophe il a l'air de voir le fantôme.*)

Goûtez de ce gigot, tâtez de ce jambon···
Boit-on chez Lucifer de ce vin délectable ?
Va ! tu ne perdras pas au changement de table.

Je bois à toi l'ami... (*En disant cela il boit un coup.*)

FRICOTEAU.

L'avis est bel & bon ;
Mais il faut avant tout, débrouiller ce chiffon.
(*Il leur donne la lettre.*)

TRANCHELARD.

Ah ! voilà pour un jour bien de la tablature.
(*En disant cela on voit qu'il a envie de dormir, aussi bien que les Conseillers, toutes-fois Lourdis mettant ses lunettes.*)

LOURDIS.

Ça, je vais, si je puis, vous en faire lecture.
(*Ici il commence à lire, mais en nazillonnant.*)
» Un monstre plus cruel cent fois que la harpie,
» Carême... contre vous forme d'affreux projets ;
» Il a déja séduit presque tous vos sujets,
» Et demain Mardi-gras perd le trône & la vie. »

MARDI-GRAS (*indigné.*)

Mornom de ma bedaine !... un traître dans ma cour !
Qu'on l'amène à mes pieds ! qu'il périsse en ce jour !...

BEDAINE.

Oh ! pour moi, j'ai toujours suspecté ce Carême.

LOURDIS.

Je l'avais bien dit, moi, que ce visage blême...
(*Aussitôt les Gardes de Mardi-gras vont saisir Carême, & le livrent à Friçoteau, qui le fait comparaître devant Mardi-gras.*)

SCÈNE IX.

MARDI-GRAS, FRICOTEAU, CARÊME.

MARDI GRAS (*emploie les voies de douceur.*)

Un bruit assez étrange est venu jusqu'à moi,
Seigneur, je l'ai jugé trop peu digne de foi.

On dit··· & ſans horreur je ne puis le redire;
Qu'aujourd'hui ſous vos coups le Carnaval expire.
Que vous-même étouffant tout ſentiment humain,
Vous voulez l'immoler de votre propre main.
On dit! que me comptant au nombre des victimes,
Vous mettez, par ma mort, le comble à tous vos crimes;
Et que de mes ſujets tyran audacieux···
(La rime ne vient point, ô ſort malencontreux.)
Eh bien! qu'en dites-vous? que faut-il que j'en penſe?
Ne ferez-vous point taire un bruit qui vous offenſe?

CARÊME (*avec fierté.*)

Seigneur, je ne rends point compte de mes deſſeins;
Vous ignorez encor mes ordres ſouverains:
Mais il eſt bientôt tems que je vous en informe,
A vous, comme au parterre, il faut l'apprendre en forme.

MARDI-GRAS.

Ah! je ſais trop le ſort que vous me réſervez.

CARÊME.

Pourquoi le demander, puiſque vous le ſavez?

MARDI-GRAS.

La belle queſtion! pourquoi je le demande?
Pauvre Carême, hélas! que ta ſottiſe eſt grande,
Parce que je le ſais le public le ſait-il?
Et ne faut-il donc pas···

CARÊME.

Le détour eſt ſubtil···
Mais allons: à l'envi diſons-nous des ſottiſes;
Au public ébahi ménageons des ſurpriſes,
Et jouant les grands airs & les grands ſentimens,
Mendions d'un coup d'œil les applaudiſſemens···
Hem!···

MARDI-GRAS.

Oui; mais commençons: Perfide, ingrat Carême,

Qui t'a donné le droit de me tuer?...

CARÊME.

Toi-même;

Je sais tous tes desseins, je connais tes forfaits,
Mais pour les arrêter tous mes braves sont prêts.
Je veux dans tous les lieux abolir ton empire,
Oui : je veux aux mortels faire dire & redire :
» Dans ces lieux autrefois Mardi-gras a paru,
» Il déplut à Carême & Mardi-gras mourut.
Bon!... voilà du sublime, eh bien! mon auditoire!

MARDI-GRAS.

De mes bienfaits, ingrat, tu perds donc la mémoire?
Eh! ne sais-tu donc pas que trahissant ta foi,
Tu trahis ton monarque, & qui plus est ton roi...

CARÊME (*tirant un Eustache de sa poche.*)

Quand un prince est tyran le remède est facile.

FRICOTEAU (*faisant le bon valet.*)

Veux tu bien rengaîner ton Eustache, imbécile.

CARÊME.

Dois-tu parler ici?...

FRICOTEAU.

Tiens! je suis confident,
Je dois bien dire au moins un mot de tems en tems.

MARDI-GRAS.

Carême, écoute-moi; je pourrais de ton crime
Tirer une vengeance honnête & légitime.
Mais de tes noirs complots je veux te détourner,
Je pourrais te punir, je veux te pardonner...
Allons, soyons amis, Mardi-gras t'en convie;
Quoique ennemi secret, je te sauve la vie.
Je connais aujourd'hui ton perfide dessein,
Je te la donne encor comme à mon assassin.

CARÊME.

Va, garde tes bienfaits ! que m'importe ta grace ;
Ah !... c'eſt peut-être à toi qu'il faut que je la faſſe...
Mais, ſi tu veux, faiſons publiquement la paix.

MARDI-GRAS.

Eh quoi ! je recevrais la paix de mes ſujets !...
Quel ſerait le garant, réponds-moi, ſi tu l'oſes,
De cette horrible paix qu'ici tu me propoſes ?
Il faudrait un otage, & tu ſais bien qu'hélas,
Par la mort de ſon fils Mardi-gras n'en a pas...

CARÊME.

Eh bien ! je l'ai ce fils... oui, connais un myſtère,
Dont ſeul dans l'univers je ſuis dépoſitaire.
Tu pleures ton enfant... il vit... mais pas pour toi.

MARDI-GRAS.

Ciel !... nature !... ô mon fils !... Fricoteau ſoutiens-moi...
Il vivrait !... c'eſt de toi qu'il faut que je l'apprenne !

CARÊME.

Nourri dans ma cuiſine, il m'a ſervi ſans peine...

MARDI-GRAS.

Mon fils dans ta cuiſine !... il pourrait te ſervir ?

CARÊME.

De pois, de haricots j'ai daigné le nourrir.

MARDI-GRAS.

De pois, de haricots !... qu'il craigne ma colère ;
Qu'il ne paraiſſe pas ſous les yeux de ſon père !

CARÊME (*d'un ton moqueur.*)

Ah ! ſeigneur, n'uſez pas de tant de violence.

MARDI-GRAS.

Qu'il n'approche jamais...

CARÊME.

Eh ! la reconnaiſſance !

Le plus beau de la piéce alors ſerait manqué...
Mais, il n'eſt pas ſi maigre, il n'eſt pas efflanqué;
Et quoiqu'un peu moins gras, on connaît à ſa mine
Qu'il n'a pas démenti ſon illuſtre origine.

MARDI-GRAS.

Mais, dis-moi donc comment il s'appelle.

CARÊME.

Oh! que non;
L'intérêt ceſſerait ſi l'on ſavait ſon nom.
Je vais vous l'envoyer: jouez bien le tragique:
Paraiſſez plus abſtrait & plus mélancolique;
Pleurez ſur-tout... criez, à tors comme à travers,
Et pour le reconnaître attendez trente vers.

SCÈNE X.

MARDI-GRAS (*ſeul d'un air d'indifférence.*)

Me voici reſté ſeul, ainſi je dois l'attendre.
Voici donc la cuiſine où mon fils va m'entendre;
Qu'il ſoit digne de moi, qu'il ne démente pas,
Même dans ſa maigreur, le nom de Mardi-gras.

SCÈNE XI.

MARDI-GRAS, DINDONNEAU.

MARDI-GRAS (*à part.*)

Le voici!.. vers mon cœur tout mon ſang ſe retire...
J'oublie, en le voyant, ce que je dois lui dire...

DINDONNEAU (*à part auſſi.*)

Je ne ſais pas pourquoi mon cœur me dit tout bas
Quelque choſe à l'aſpect du ſeigneur Mardi-gras.

MARDI-GRAS.

Venez... Ciel! c'eſt lui-même. Approchez cette chaiſe,

Vous ſerez pour parler beaucoup plus à votre aiſe.
Je vous aime, Seigneur, & vous me haïſſez.
Vous êtes dans ma cour & vous me trahiſſez.
Toujours les yeux cavés & le viſage blême,
Vous ſuivez les drapeaux du perfide Carême···
Vous bravez ma bedaine, & vous pouvez penſer
Combien un tel affront a droit de m'offenſer.

DINDONNEAU.

Je ne le cèle point, Carême a ſu me plaire;
Mais dût cent fois le jour m'accabler ſa colère,
Je vous dirai tout net que mon cœur ébranlé,
Par vos derniers diſcours ſe ſent un peu troublé.
A vos fiers ennemis j'ai donné ma parole.
Déja l'inſtant eſt pris pour que je vous immole.
Mais cela m'eſt égal··· prévenez ma fureur···

(*Il déboutonne ſa veſte.*)

Qui peut vous retenir?

MARDI-GRAS.

La nature, mon cœur!···
Connais, ingrat, connais le ſang que tu m'oppoſes:
Sais qui tu peux haïr!··· & pourſuis ſi tu l'oſes···
Je ſuis ton père···

DINDONNEAU.

Vous!··· & qui donc vous l'a dit?
Je ne m'en doutais pas···

MARDI-GRAS.

Ni moi non plus, mon fils:
Que cet événement ceſſe de te ſurprendre,
Carême tout à l'heure eſt venu me l'apprendre.

DINDONNEAU.

Je me ſens en effet bien digne d'être à vous.
J'embraſſe votre ventre au lieu de vos genoux,

Mais, ô tourment cruel ! ma parole eſt donnée ;
Au maigre Mercredi cette main l'a jurée.
Je vais être aujourd'hui, par un ſort plein d'horreur,
Parricide ou parjure, aſſaſſin ou trompeur.
Ô mon père !... ô ma foi publiquement jurée !...
Entre vous, tour à tour, mon ame eſt déchirée.
Je ne me connais plus !... tonnez ſur moi, grands dieux.

MARDI-GRAS.

Le ſublime, mon fils, eſt par fois ennuyeux.

DINDONNEAU.

Je pourrais ajouter, pour affaiblir mon crime,
L'ignorance où mon cœur...

MARDI-GRAS.

Mon fils, point de ſublime.

DINDONNEAU.

Eh bien ! donc connaiſſez mes ſecrets ſentiments ;
J'ai ma gloire à ſauver...

MARDI-GRAS.

Tu fais l'homme à romans.
Si mon fils me chérit, que mon fils le haſarde,
De manger avec moi cette bonne poularde ;
Alors de Mercredi tous les nœuds ſont rompus ;
Alors il te déteſte, & ne te connaît plus.

DINDONNEAU.

Quoi ! pour ſauver mon père, il faut être parjure !
Non : ſachons allier l'honneur & la nature...
Je voudrais bien, ſeigneur, pouvoir vous obéir,
Mais le crime jamais ne peut être un plaiſir...
J'ai d'un côté mon père, avec une poularde ;
De l'autre ma parole, il faut que je la garde.
Un homme tel que moi n'a pour père & pour fils,
Que la vertu, l'honneur, les loix de ſon pays.
J'embraſſe avec horreur une vertu cruelle,

J'en frémis à vos yeux ; mais je lui ſuis fidèle.
Et ſi le ſort voulait que mon malheureux bras
Attentât ſur mon père au milieu des combats,
Je ſaurais par ma mort me punir de mon crime,
Et vous ne ſeriez pas ma dernière victime.

MARDI-GRAS.

J'en ſerai bien plus gras, lorſque tu ſeras mort...
Dindonneau ! quel démon t'aveugle ſur ton ſort ?
Ah ! trop cher ennemi, tigre que je careſſe,
Enfant dénaturé, qu'endurcit ma tendreſſe,
Diſparais pour jamais... va... tu n'es plus mon fils.

DINDONNEAU.

Vous badinez, papa ; mais, dans tous les pays,
On eſt fils de ſon père, eſt-ce donc plus la mode ?

MARDI-GRAS.

Morbleu !... laiſſe-moi donc finir ma période...
Carême, unique objet de mon reſſentiment...
Toi, qui m'ôtes un fils chéri ſi tendrement ;
Carême qui t'aveugle, & que ton ventre adore ;
Carême qui te plaît, que je hais plus encore ;
Puiſſe-tu, pour punir ce fils dénaturé,
Verſer tous tes poiſons dans ſon ſein égaré ;
Puiſſe-tu dans lui ſeul concentrer l'amertume
Que répandent au loin tes funeſtes légumes.
Puiſſe-t-il voir ſouvent, ſans y porter les dents,
Des jambons de Mayence & des chapons du Mans ;
Et pour lui ſouhaiter tous les malheurs enſemble,
Qu'il mange avec toi ſeul, t'imite, & te reſſemble.

SCÈNE XII.

DINDONNEAU.

O SORT trop rigoureux ! un père me maudit !...
Sans rien diminuer de ſon vaſte appétit,

Dans un si grand malheur c'est ce qui me console:
Mais··· Carême est là bas, il m'attend, & j'y vole···
Que faire ici tout seul avec les spectateurs?
Il faut bien faire aussi place aux autres acteurs.

SCÈNE XIII.

(JEANNOT vient balayer la scène, & prépare un fauteuil.)

(On entend derrière le théâtre un cliquetis de broches, de marmites, mêlé de cris.)

Ah! ah! l'on est aux mains··· si le dieu des ripailles
Etait aussi le dieu qui préside aux batailles···
Mais non··· tous nos efforts d'ailleurs sont superflus;
Je sais de bonne part que nous serons vaincus.
C'est le plan de l'auteur, il n'en veut pas démordre.
Maudit original··· il m'a signifié l'ordre
De préparer ici le grand fauteuil à bras,
Pour recevoir, dit-il, le mourant Mardi-gras.

SCÈNE XIV.

JEANNOT, BEDAINE (*tout essoufflé.*)

BEDAINE.

Que fais-tu donc ici tandis que l'on dégaîne,
Maraud!···

JEANNOT.

N'est-ce donc rien que de garder la scène!

BEDAINE.

A la bonne heure··· ô ciel! tout est perdu, messieurs.
A peine Mardi-gras avait quitté ces lieux,
Soudain·· de tous côtés·· on crie alerte·· aux armes··

Le héros intrépide au milieu des alarmes,
Monté sur son subtil, s'avance fierement
La lechefrite en tête, & la lardoire au vent.
La croûte d'un pâté lui servait de rondache;
Sur sa tête ondoyait un dindon en panache.
Les deux camps animés par un courage égal,
De la charge à l'instant font donner le signal.
Les archers de Carême, avant que l'on se mêle,
De haricots sur nous font pleuvoir une grêle.
Nous ne ripostons pas à ce brusque salut...
Soudain nous dégaînons : mais... qui l'aurait prévu?
Contre leurs os pointus, nos broches émoussées
Les effleuraient à peine, & tombaient fracassées.
Le soldat en pâlit : dans ce désordre affreux
Paraît de Mercredi le bataillon poudreux;
Mardi-gras l'apperçoit, pique des deux, s'élance,
Et l'abbat à ses pieds d'un revers de sa lance.
Mais bientôt Mercredi, squelette coriace,
Se relève en faisant une horrible grimace.
Vous eussiez alors vu ce démon furieux
Nous presser en jettant sa poudre par les yeux;
Vous eussiez vu nos gens reculer en déroute,
En se frottant les yeux & n'y voyant plus goutte.
Mardi-gras éperdu vers les fuyards s'élance :
» A moi, dit-il, enfans héros de la bombance,
» Vîte, tournez à droite. » Il dit, & dans l'instant
La troupe tourne à gauche & s'enfuit en jurant.
Nous l'avons vu longtems armé d'une marmite
Rappeler les vaincus, s'opposer à leur fuite,
Et pour les ranimer étaler à leurs yeux
Des lauriers suspendus à des jambons fumeux.
» Amis, où fuyez-vous? votre audace intrépide
» Céde aux faibles efforts de ce peuple timide,
» Et vous n'osez braver, armés de cent gigots,

» Des fusils remplis d'air, bourrés de haricots. »
Il dit, & tout rempli d'une juste furie,
Il fait à ses soldats donner de l'eau-de-vie;
Mais, malgré ce renfort, les soldats harassés
Succombaient de fatigue & d'efforts épuisés.
Cependant la victoire indécise, incertaine,
Sans pouvoir se fixer voltigeait dans la plaine;
Quand un canon chargé de ces pois monstrueux,
Que l'arrière saison fournit aux malheureux,
Vient frapper Mardi-gras tout droit à la bedaine.
Le héros s'abbat, tombe & roule sur l'arêne.
Les Carêmiens, témoins de notre affreux revers,
De cris victorieux font retentir les airs;
L'on fuit de toute part : dix de nos fiers-à-bras
Roulent comme un paquet, emportent Mardi-gras.

(en pleurant.)

Mais pleurez donc, Messieurs, à ce récit funeste.

SCENE XV.

(On apporte Mardi gras mourant.)

TRANCHELARD, MARDI-GRAS, FRICOTEAU, SUITE.

MARDI-GRAS *(d'une voix éteinte.)*

De mon pâté d'hier qu'on m'apporte le reste,
Je serai soulagé par la colation,
Et je mourrai du moins d'une indigestion.

(Tranchelard court à la cuisine.)

Je veux me signaler sous la dent de la Parque.
Approchez, & voyez mourir votre monarque.

(La scène retentit de sanglots.)

Amis, séchez vos pleurs, pourquoi plaindre mon sort?
Je meurs, mais en mangeant, & de ma belle mort.

Quoi ! vaudrait-il donc mieux, que ſujet de Carême ;
Je ſurvive à ma gloire, à mon ventre, à moi-même ;
Que la mort me ſurprît en vulgaire héros,
Au milieu des harengs, des pois, des haricots.
Juſqu'au dernier inſtant je veux donner l'exemple,
Je ſens renaître en moi l'appétit le plus ample...

TRANCHELARD (*revenant de la cuiſine.*)

Ah ! ſeigneur, le buffet eſt conquis tout entier,
J'ai vu de nos jambons emporter le dernier,
Et l'inſolent vainqueur, par le droit de la guerre,
A vos dents aujourd'hui ne laiſſe rien à faire ;
Je n'ai ſauvé qu'à peine un chetif cervelas
Echappé par hazard à la main des ſoldats.

(*Il préſente le cervelas à Mardi-gras.*)

MARDI-GRAS.

Donne, ami Tranchelard, l'heure fuit, le tems preſſe,
Mettons bien à profit les inſtans qu'on nous laiſſe.

(*Tous ſe rangent autour de lui & le regardent manger en ſanglottant.*)

FRICOTEAU (*après un moment de ſilence.*)

Il n'eſt plus... c'en eſt fait... ſon dernier mouvement,
O trépas glorieux ! fut un grand coup de dent.

TRANCHELARD.

Du plus grand des gourmands voilà donc ce qui reſte !
Ses ſouliers, ſon habit, ſa culotte & ſa veſte.

(*Il découvre la bedaine de Mardi-gras.*)

Voyez, là du revers d'un énorme merlan
Le barbare Carême a déchiré ſon flanc ;
Là de hideux harengs lancés par des mains ſûres
A ſa bedaine ont fait de profondes bleſſures.
Plus loin de haricots un baril tout entier
A porté dans ſon ſang un poiſon meurtrier.
Mais que vois-je ? l'horreur ! un morceau de morue !

Ah ! c'eſt mourir deux fois, ah ! détournons la vue.

(*Après un inſtant de reflexion.*)

Tu ne mourras pas ſeul, généreux Mardi-gras.

(*En ſe retournant.*)

Des chaiſes, qu'en tombant on ne ſe bleſſe pas.

(*au domeſtique.*)

Jeannot, va nous tirer la meilleure blanquette,
Je ne veux pas mourir avec de la piquette.

(*On apporte une coupe remplie de vin empoiſonné, il regarde derrière lui pour voir ſi ſa chaiſe eſt bien placée pour tomber juſte deſſus, il a l'air de s'eſſayer ; il porte la coupe à ſes lèvres, & la retire en ſoupirant.*)

Douloureux ſouvenir ! voilà le gobelet
Que l'illuſtre défunt vous vuidait d'un ſeul trait.

(*Il boit, & paſſe la coupe aux autres.*)

SCENE XVI & dernière.

CARÊME, *ſes Troupes & deux Conſeillers de Mardi-gras qui n'ont pas encore eu le tems de s'empoiſonner.*

CARÊME.

Où ſont....

UN DES DEUX CONSEILLERS.

De les tuer épargnez-vous la peine,
Chez eux déja la mort coule de veine en veine.

CARÊME.

Maigrelet, Quatre-tems, ſaiſiſſez ces marauds,
Qu'ils avalent la mort avec des haricots.

VAUDEVILLE.

Air : de Figaro.

MARDI-GRAS *reſſuſcitant.*

En dépit de mon courage
La mort vient de me ſaiſir ;
Dans les enfers, quel dommage,
Plus de mets, plus de plaiſir ;
Mais ſi de votre ſuffrage
Je puis boire le nectar,
Meſſieurs, je renonce au lard.

CARÊME.

On voudrait c'eſt choſe ſûre
Que Mardi-gras m'eût vaincu ;
Mais, à ſa déconfiture,
Certains clercs n'ont pas perdu.
Depuis longtems je vous jure,
Même les jours qu'ils ſont gras,
Je préſide à leurs repas.

FRICOTEAU *reſſuſcitant.*

Dans l'art de la confidence
Peu de mortels ſont verſés,
Et ce métier d'importance
Veut des talens exercés ;
Uſez donc de ma ſcience,
Et ſi chacun eſt content
Faites-m'en le confident.

TRANCHELARD *reſſuſcitant.*

Grace à mon triſte breuvage,
Je croyais, j'avais grand tort,
Que bientôt, ſelon l'uſage,
J'allais terminer mon ſort;
Mais j'avais votre ſuffrage,
Et je ſens que le plaiſir,
Peut empêcher de mourir.

DINDONNEAU.

Les auteurs prennent pour plaire
Des chemins tout biſcornus;
C'eſt toujours quelque myſtère,
Quelques enfans reconnus;
Mais ſi l'on n'eſt point ſévère,
Meſſieurs, dans un autre ſens,
Nous ſerons reconnaiſſans.

LOURDIS (*bégayant.*)

Qu'on ſe diſpute la pomme
Pour un orgueilleux couplet;
Pour moi je ſuis un bonhomme,
Je vais rondement au fait;
Tout cela veut dire en ſomme,
Pour le déclarer tout net,
Que mon rôle eſt très-bien fait.

MERCREDI.

Vainqueur par ma poudre brune,
Je joue un rôle important;

Ma recette eſt fort commune
Chez nos doctes d'à-préſent,
Aujourd'hui l'on fait fortune
En jettant, à tout propos,
De la poudre aux yeux des ſots.

MESMER *(avec un tablier de cuiſine.)*

A ce ſouris je devine
Que mon changement vous plaît.
Suppôts de la médecine,
Croyez-moi, c'eſt votre fait;
Deſcendez à la cuiſine,
Docteurs qui ne ſavez rien,
Chacun s'en trouvera bien.

LE FACTEUR.

Je ſuis le facteur des belles,
Des gens d'eſprit & des ſots,
Et je fournis les ruelles
De poulets, de madrigaux.
On attend de vos nouvelles,
Meſſieurs ſans trop les flatter,
Que faut-il leur rapporter ?

AVIS AU LECTEUR.

Le Lecteur eſt prié d'excuſer les négligences qui ſe trouvent dans cette piéce, attendu qu'elle a été compoſée, appriſe & repréſentée en ſix jours.

www.ingramcontent.com/pod-product-compliance
Ingram Content Group UK Ltd.
Pitfield, Milton Keynes, MK11 3LW, UK
UKHW032026260826
14628UKWH00006B/2760

9 782019 673598